致加西亚的信

A Message to Garcia

〔美〕埃尔伯特·哈伯德／著

罗珈／译

文匯出版社

图书在版编目（CIP）数据

致加西亚的信 /〔美〕哈伯德（Hubbard,E.）著；罗珈译．-上海：文汇出版社，2010.10

（图文经典）

ISBN 978-7-80741-996-9

Ⅰ．①致… Ⅱ．①哈…②罗… Ⅲ．①职业道德－通俗读物 Ⅳ．①B822.9

中国版本图书馆 CIP 数据核字（2010）第 164157 号

致加西亚的信

作　　者 /〔美〕埃尔伯特·哈伯德

责任编辑 / 竺振榕

装帧设计 / Metis 灵动视线 TEL:010-85983452

出版发行 / 文匯出版社

上海市威海路 755 号

（邮政编码 200041）

经　　销 / 全国新华书店

印　　刷 / 北京燕泰美术制版印刷有限责任公司

版　　次 / 2010 年 10 月第 1 版

印　　次 / 2010 年 10 月第 1 次印刷

开　　本 / 710×1000　1/16

字　　数 / 86 千字

印　　张 / 6.5

印　　数 / 1-15000

书　　号 / ISBN 978-7-80741-996-9

定　　价 / 16.00 元

编者前言

《致加西亚的信》最初发表于1899年，是埃尔伯特·哈伯德有感于美西战争中罗文上校送信的事迹而写的一篇小文章。文中并没有写罗文上校送信的经过，而是着重倡导一种精神。加上罗文上校的自述《我是怎样把信送给加西亚的》，才构成了完整的故事。美国与西班牙开战前夕，罗文中尉在1898年勇闯古巴山林，把威廉·麦金莱总统的信带给古巴起义军领袖加西亚的事迹。罗文中尉没有问怎么样、在哪儿、通过谁才能找到加西亚，他接过信就出发了。最后，他依靠自己的努力克服了种种困难，顺利完成了任务，成为美西战争史上“真正的英雄”。罗文的精神核心是责任心、自信心、创造性和敬业精神。

这篇文章原本是为填补一本将要付印的杂志的空白而写的，但它竟成为出版史上发行量最大的读物之一。人们不分国籍、阶层、职业、时代，都能因罗文中尉完成“不可能完成的任务”而深受启发。一百余年过去了，不但各个行业无一例外都在渴求罗文中尉这样的精英职员，社会的发展也需要更多的人具备罗文精神，以支撑起时代进步的天空。

本书除收录《致加西亚的信》、《我是怎样把信送给加西亚的》之外，另对作者信息、罗文本人及背景资料作了简要介绍，还收集若干知名人士对罗文精神的解读，既方便读者深入理解，又不失原作之本味。相信这本小书所蕴含的大道理会使各位读者受益无穷。

编　者

2010 年 9 月

目 录

1913年版前言

乔治·华盛顿（1732—1799）

《致加西亚的信》这本小册子是在一天晚饭后写作完成的，仅花了一个小时。那天是1899年2月22日——华盛顿的诞辰纪念日，我们正在准备出版3月号的《菲士利人》。

我心潮起伏，在度过了烦扰的一天之后写下这篇文章——那时我正在竭力教育那些游手好闲的市民们不要再昏昏欲睡，应该振作起来。

埃茨一家　瓦尔德缪勒

而直接的灵感来源则是喝茶时的一场小小辩论，我儿子伯特认为罗文是古巴战争中真正的英雄。他只身一人完成了任务——把信送给了加西亚。

我脑海中灵光一闪！是的，儿子说得对，真正的英雄就是那些做好自己工作的人——把信送给加西亚的人。我离开饭桌，一口气写下了《致加西亚的信》。我不假思索便将这篇没有标题的文章刊登在了我们的杂志上。结果该版售罄，很快，我们开始收到要求加印3月号《菲士利人》的订单，一打，五十份，一百份……当美国新闻公司要求订购一千份的时候，我问一位助手，到底是哪篇文章搅动了“宇宙尘埃”，他回答说：“是关于加西亚的那篇。”

第二天，纽约中心铁路局的乔治·丹尼尔斯发来一封电报："将关于罗文的文章印刷成册，封底刊登帝国快递广告，订购十万份，告知报价及最快船期。"

我回复了报价，并说明我们只能在两年内供应出这些小册子。当时，我们的设备规模很小，十万本书对我们来说是一项异常艰巨的任务。

结果是，我同意由丹尼尔斯先生按照自己的方式重印那篇文章。他以小册子的形式前后数版共发行了五十万册。这五十万册中有百分之二三十是丹尼尔斯先生销售出去的。此外，有二百多家杂志和报纸转载了这篇文章。迄今为止，它已经被翻译成所有有文字的语言在世界各国流传。

就在丹尼尔斯先生销售《致加西亚的信》的时候，俄国铁路局长希拉科夫亲王正好也在美国。他受纽约中心铁路局邀请，由丹尼尔斯先生本人陪同在美国参观。亲王看到这本小册子，对它非常感兴趣，其中最主要的原因或许是因为丹尼尔斯先生这本书的发行量非常巨大。不管怎样，亲王回到俄罗斯之后，就让人将这篇文章翻译成了俄文，并将小册子分发给所有俄罗斯铁路员工阅读。

库拉金公爵像
俄罗斯
鲍罗维柯夫斯基

接着，其他国家也开始对这篇文章产生兴趣，它从俄罗斯传到德国、法国、西班牙、土耳其、印度和中国。日俄战

日俄两国签定《朴茨茅斯和约》

争期间，每一位俄罗斯前线士兵手中都有一份《致加西亚的信》。日本人在俄罗斯战俘的物品里发现了这些小册子，认定它是一件好东西，于是将它翻译成了日文。

根据天皇的命令，《致加西亚的信》被发到每一位日本政府工作人员、士兵乃至百姓手中。迄今为止，《致加西亚的信》已经印刷了四千多万册。可以这么说，在一个作家的有生之年，在整个历史进程中，没有任何一部文学作品拥有过如此巨大的发行量——这应归功于有幸发生的一系列偶然事件。

埃尔伯特·哈伯德

1913年12月1日

经过与家人吃晚餐时一番议论之后，埃尔伯特·哈伯德在一小时之内写出了他的这篇经典文章《致加西亚的信》。吃饭的时候，哈伯德的儿子伯特说，美西战争中真正的英雄是罗文——一个勇于冒着生命危险送信给古巴起义军领袖加西亚的人。

这篇文章最初发表在哈伯德自己的杂志、1899年3月的《菲士利人》上。纽约中心铁路局的乔治·丹尼尔斯受到该文主旨的激励，要求允许翻印和发行五十万册。俄国铁道大臣希拉科夫亲王在读了丹尼尔斯重印的

日俄战争中死伤的士兵

文章后，又让人将它翻译成了俄文，并且将《致加西亚的信》分发给他的所有铁路员工，让他们人手一册。

接着，俄国军队也引进了这篇文章：每一个被派往日本前线的俄国士兵都拿到了一本《致加西亚的信》。日本人在俄国俘虏的物品中发现了这篇文章，随后将它翻译成了日文。根据天皇的指令，每一位日本政府人员都要人手一册《致加西亚的信》。

在所有与古巴有关的事件当中，有一个人就像近日点的火星一样总矗立在我的记忆最鲜明处。

美西战争爆发后，美国迫切需要尽快和古巴起义军领袖加西亚取得联系。加西亚当时身处古巴的大山深处——具体在哪里没有人知道，也没有任何信件或者电报能送到他那儿。但是美国总统必须取得他的配合，而且时间紧急。怎么办？

这时有人对总统说：“有一个叫罗文的人能帮您找到加西亚，而且也只有他能找到。”

美国第25任总统威廉·麦金莱。1898年，他发动了美西战争。

于是，他们找来罗文，给了他一封信，让他送给加西亚。至于“这个叫罗文的人”如何接过信，将它密封在一个油布袋里，揣在胸前；如何在四天后乘坐一艘敞篷船到达古巴海岸，乘着夜色上岸，消失在丛林中；如何徒步穿越这个敌对国家，于三个星期后出现在岛屿的另一

IN HONOR OF THE SOLDIERS,
SAILORS, MARINES AND NURSES
OF THE VOLUNTEER ARMY OF THE
REPUBLIC, WHO SERVED IN THE
SPANISH-AMERICAN WAR,
THE PHILIPPINE INSURRECTION,
AND THE BOXER REBELLION.
APRIL 21ST 1898 — JULY 4TH 1902.

美西战争纪念碑

端，将信交给加西亚将军——这些细节在这里我无意详述。我想强调的重点是：麦金莱总统将一封写给加西亚的信交给罗文，而罗文接过信，并且没有问："他在哪里？"

太伟大了！这样的人应该为他铸造一座不朽的青铜雕像，并且把雕像立在全国各所大学里。年轻人需要的不仅仅是学习书本知识，也不仅仅是聆听这样那样的教诲，他们需要的是一种能让他们坚持向上的敬业精神，让他们能够忠于责任，行动果决，集中精力，全心全意地去做一件事——把信送给加西亚。

当然，加西亚将军现在已经离开人世，但是，还有许多其他的“加西亚”们。那些拥有众多人手的企业经营者时常都会因为那些庸碌之辈的愚蠢感到吃惊——他们不能或者不愿意专心去做好一件事。

敷衍了事、满不在乎、漠不关心以及心不在焉地工作似乎已经成为一种惯例，除非你采取威逼利诱的方式让其他人帮忙，或者仁慈的上帝能创造一个奇迹，派一名天使来帮助你，否则不会有什么工作成效。

天使报喜
意大利　达·芬奇

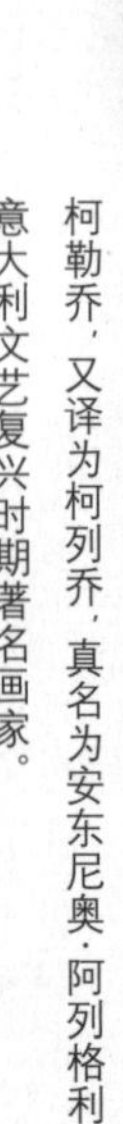
基督诞生　意大利　柯勒乔
柯勒乔，又译为柯列乔，真名为安东尼奥·阿列格利，意大利文艺复兴时期著名画家。

读者不妨来做个实验。假设你现在正坐在办公室里，旁边有六位员工。随便叫来其中的一位，对他说："请你查一查百科全书，帮我做一个有关柯勒乔生平的简要备忘录。"这位员工是否会平静地回答"好的，先生"，然后就去执行任务呢？

无论如何他都不会。他会用疑惑的眼神看着你，然后问你下面这些问题当中的一个或者更多：

"他是谁？"

"哪一本百科全书？"

"百科全书在哪儿？"

"雇我来是做这个的吗？"

"为什么不让查理去做这件事？"

"他还在世吗？"

邪恶的寓言 意大利 柯勒乔

“着急要吗？”

“要不要我把百科全书搬过来你自己查一下？”

“你为什么要查他呢？”

我敢用十倍的赌注和你打赌，等你回答完他所提出的问题，给他解释清楚如何查找这些资料，为什么需要这些资料之后，这位职员就会离开，去找另外一位员工帮他找柯勒乔的资料。然后，他会回来告诉你，根本就查不到这个人。当然，我也可能赌输，但是，从概率上讲，我不会输。

此时，如果你够聪明，就不会费心向你的“助手”解释，柯勒乔的资料应该在C字母打头的索引中查找，而不是在K字母的索引中，你会微笑着对他说“没关系”，然后自己去查。就是因为这样缺乏独立行动的能力，这样在道德上后知后觉，这样意志不坚，这样不乐意巩固和提高——这些东西使得纯理论的社会主义实现的可能遥不可及。如果人们甚至都不愿为了自己而主动采取行动，那么，他们又怎么会为公众利益而努力呢？如果你登广告招聘一名速记员，应征者十之八九既不会拼写也不会正确使用标点符号，并且他们根本就不认为这是速记员应当具备的条件。这样的人能把信送给加西亚吗？

“你看那位会计。”在一家大工厂里，一位主管对我说。

“看到了，他怎么样？”

“哦，他是一位不错的会计师，如果我派他到城里去办件事，他有可能完成任务。但是，也有可能他会沿途在若干家酒吧停留，等到了闹市区的时候，他恐怕早就忘了我派他去做什么了。”这样的人，你能托付他去把信送给加西亚吗？

最近，我听到许多对那些“在血汗工厂里倍受压榨的人”和那些“为求得一份正当工作四处奔波的无家可归者”深表同情的声音，同时，把那些掌权者骂得体无完肤。

爱神丘比特的教育　意大利　柯勒乔

但是，从没有人提及那些倾其一生努力都无法使那些懒散的饭桶做些有用的工作的雇主；没有人说，那些雇主是如何长期耐心地努力寻找“帮手”，但只要他们一转身，这些“帮手”就无

炼钢的工人

所事事、游手好闲。

每家企业和工厂都会不断地进行清理整顿。雇主不断地遣走那些不能促进公司利益的“帮手”，同时吸纳新的员工。无论经济状况多么好，这种去粗取精的过程都会一直持续着。只是，在经济萧条、就业机会很少的情况下，这种去粗取精的工作会更显成效——但是，离开的仍然是、永远是那些没有能力、没有价值的人。这就是适者生存。为了自身利益，雇主只能保留那些最佳员工——那些能把信送给加西亚的人。

我认识一个非常有才华的人，但他没有能力经营自己的生意，对别人来说，他也毫无价值，因为他总是愚蠢地怀疑他的老板正在压迫他，或者企图压迫他。他不能发号施令，也不甘心接受别

人的指挥。如果我们让他去送信给加西亚，他的回答很可能会是："你自己去吧！"

在工厂里忙碌的英国纺织女工

今夜，这个人正四处奔波寻找工作，风嗖嗖地直往他的破外套里灌。但是所有了解他的人都不敢雇用他，因为他是一个典型的煽动不满情绪的好事之徒。

当然，我知道我们与其同情这样一个道德上畸形的人，还不如去同情一个肢体不健全的人。然而，如果要同情的话，也让我们为那些努力经营大企业的人流下同情的泪水，他们在下班铃响之后仍然要加班加点，他们头上的白发因为要竭力约束那些漠不关心、没有能力又敷衍行事、忘恩负义的人而日益增多——要是没有他们的企业，那些人就只能忍饥挨饿，无家可归。

我是不是有点夸大其词了？或许是。但是，当整个世界都在热衷于访问贫民窟时，我希望能向那些成功者表示同情——他们在形势非常不利的情况下指导其他人工作，并获得成功。可是，除了一点食物和衣服外，他们什么也没有得到。我曾经为了一日三餐领薪水干活，也曾经当过雇主，我知道应该从双方的角度来看问题。

贫穷本身并不是什么好东西，贫穷也不值得提倡。并非所有的雇主都贪婪成性、专横跋扈，正如并非所有的穷人都很高尚一

贫民窟

样。我敬佩那些不论老板在不在场都能坚持做好自己工作的人；敬佩那些只是默默地接过信，不会提出任何愚蠢的问题，不会暗地里打主意一出门就把信扔到下水道里，去做送信以外的事的人。他们永远都不会被炒鱿鱼，也不必为了加薪而罢工。

文明的进程就是热切地寻找这样的人的漫长过程。这些人所要的东西都能得到。每座城市、城镇和村庄，每个办公室、商店、商场和工厂都需要他们。全世界都在呼唤：我们需要，而且急需这样的人——能“把信送给加西亚”的人。

埃尔伯特·哈伯德

1899年

我是怎样把信送给加西亚的

——安德鲁·萨默斯·罗文陆军上校的陈述

（一个因埃尔伯特·哈伯德的名作《致加西亚的信》而名垂青史的人。）

为了我们的祖国更美好，我们的生活更幸福，无论我们是渺小还是伟大，都让我们做好自己的工作，推动自己的事业吧。

——贺拉斯

“在哪儿？”麦金莱总统问军情局局长阿瑟·瓦格纳上校，“在哪儿可以找到能把信送给加西亚的人？”

上校立即回答道：“在华盛顿就有这样一个年轻人，陆军中尉，名叫罗文，他可以替你把信送去！”

“派他去！”总统下令。

那时候美国即将与西班牙开战。总统急欲了解相关情报。他意识到，要想取得胜利，共和国的士兵就必须和古巴起义军合作。他知道，最关键的就是要掌握有多少西班牙军队部署在岛上；他

威廉·麦金莱总统

们的战斗力、状态、士气以及军官，尤其是高级军官的性格特征；一年四季的道路状况；西班牙军队和起义军乃至整个古巴的医疗卫生状况；双方的装备情况如何；当美国军队被动员起来后，古巴军队要想牵制住敌军需要哪些帮助；这个国家的地形情况以及其他许多重要情报。“派他去！”有些出人意料的是，总统的这一命令就像军情局局长回答谁能把信送给加西亚一样迅决。

大约一小时后，正值中午，瓦格纳上校过来通知我一点钟去陆海军俱乐部和他一起共进午餐。顺便说说，上校是一个出了名的喜欢开玩笑的人。我们吃饭的时候，他问我：“下一班去牙买

加的船什么时候出发？”我以为他又想和我开玩笑，于是，决定有可能的话也调侃一下他。我借口离开了一两分钟，然后回来告诉他：“阿特拉斯海运公司的‘阿迪伦达克’号英国船将于明天中午从纽约起航。”

“你能坐上这趟船吗？”上校突然问道。

尽管我仍然认为上校不过是在开玩笑，但还是作出了肯定的回答。

“那就去准备好上船！”我的长官这样说。

“年轻人，”他接着说道，“总统已经选派你去联络——确切地说，是送信给加西亚将军，他可能在古巴东部某个地方。你的任务是从他那儿获得军事情报，及时更新，并根据有效性将其整理好。你带给他的信上有总统想了解的一系列问题。除此之外，除了必要的证明你身份的东西，任何书面联络都要避免。历史上发生过太多这样的悲剧，因此我们没有理由冒险。大陆军的内森·黑尔、美国和墨西哥战争中的里奇上尉都是在送情报时被捕

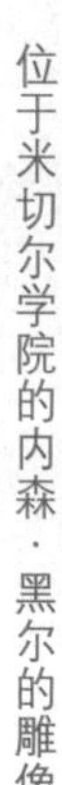

位于米切尔学院的内森·黑尔的雕像

的。他们两人不仅牺牲了生命，而且后者身上关于斯科特打算偷袭维拉克鲁斯的计划的信件也暴露给了敌军。你绝不能失败，这次行动绝不能出现失误。”

直到这时我才完全明白过来，瓦格纳上校不是在开玩笑。

他接着说道：“在牙买加会有人想办法证明你的身份，那儿有一支古巴游击队。其余的事情就要靠你自己了。除了我现在给你的指示，你不要再请求任何指示。”

实际上，他所说的那些话就像文章开篇的摘要一样。

“你今天下午就去做准备，军需署署长汉弗莱会设法送你到金斯敦上岸。此后，如果美国对西班牙宣战，那么将来的许多作战指令将要以你发来的电报为依据。否则我们一无所知。从计划到行动你必须亲自负责，而且责无旁贷。你一定要把信送给加西亚。火车午夜时分离开。祝你好运，再见！”说完，我们握手道别。

瓦格纳上校松开我的手，再次叮嘱道：“一定要把信送给加西亚！”

在我做准备的时候，我匆忙中考虑了一下自己的处境。正如我所了解的那样，这项任务非常艰巨、复杂，因为现在这场战争还没有爆发，到我离开的时候也不会爆发，甚至直到我到达牙买加，它也未必会爆发。行程踏错一步都可能会造成一生都难以解释清楚的状况。如果已经宣战了，我的任务反而要简单一些，尽管其中的危险不会减少。在这种情况下，当一个人的名誉和生命都濒于险境的时候，要求有书面指示是很正常的事。在军队，一个军人把生命交给了国家，但是他的荣誉却是自己的，既不应任由有权势的人破坏，也不能被忽视或怎么样。但是，面对这件事，我却从未想过要寻求任何书面指示。我唯一的想法就是，我被委任去送信给加西亚，并负责从他那儿获得一些情报，我必须去做这件事情。瓦格纳上校是否将我们谈话的内容记录在人事行政参谋主任办公室的档案中，我不得而知。在即将结束的一天里，这已经无关紧要了。

我乘坐的火车午夜零点零一分离开华盛顿，我记得自己想起

牙买加首都金斯敦港口的灯塔

了那个关于星期五不宜出行的古老迷信说法。虽然火车出发的时间已经是星期六了，但是我离开俱乐部的时候是星期五。我猜想，命运之神应该认定我是星期五出发的吧。但是，当我的脑子开始考虑其他事情的时候，我很快就忘了这件事，直到事后一段时间才再度想起来，但那时已经无关紧要，因为我的使命已经完成了。

“阿迪伦达克”号准时起航，一路上风平浪静。沿途我尽量和其他乘客保持距离，只从一位旅伴——他是一位电气工程师——那儿了解一些周围发生的事。他告诉我一件有趣的事情：因为我总是避开大伙，从不告诉别人自己的事情，所以，有几个爱开玩笑的人就给我起了一个绰号——“骗子”。

直到轮船进入古巴海域的时候，我才第一次意识到了危险的

哈佛卢港口 法国 莫奈

存在。我身上有一份可能会牵累我的文书，是美国国务院写给牙买加官方用来证明我身份的一封信。如果战争在“阿迪伦达克”号进入古巴海域之前就爆发了，那么，根据国际法准则，西班牙人很有可能会上船来搜查。作为一个非法入境者，一个怀揣情报的人员，我可能会被作为战犯而逮捕，然后押送到某艘西班牙船上。而这艘英国轮船在屈从于某些条件后也会被击沉，尽管它在

战争爆发前悬挂着中立国的国旗，是从一个和平港口驶向一个中立国的港口。

想到事情的严重性，我便把文书藏到了舱房的救生衣里，直到看到轮船绕过了海角，我才长长地松了一口气。第二天早上九

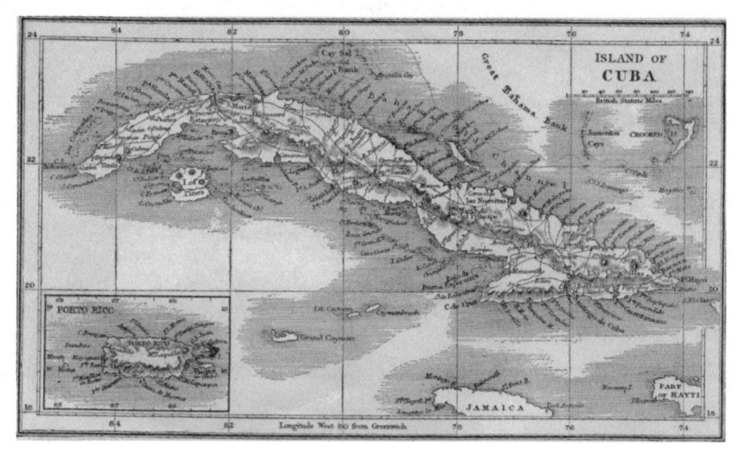

古巴岛地图

点，我终于上岸，踏上了牙买加的领土。很快，我便与古巴革命党的领导莱先生取得了联系，和他及他的助手一起计划着尽快把信送给加西亚。我在 4 月 8 日至 9 日离开华盛顿，4 月 20 日，从美国发来的电报称，西班牙已经同意在 4 月 23 日之前将古巴交还给古巴人民，并撤走岛上的所有武装力量和海域的海军。我用密码电报发出了我到达的消息，4 月 23 日我收到回电："尽快与加西亚将军会面！"

接到电报后几分钟，我便到了革命党的总部，他们正在那儿等着我。另外还有一些流亡的古巴人在场，都是我以前没见过的。当我们正在谈论一些一般性问题时，一辆马车驶了进来。

"到时候了！"有人用西班牙语喊道。

接着，不容分说，我被领到那辆马车上，在里面坐了下来。

于是，无论对于一个现役还是退役的军人而言，堪称最奇异的一次经历就这样开始了。这位马车夫显然是世界上最沉默寡言

的马车夫。他既不主动和我说话，我跟他说话他也不加理睬。我一上车，他便开始驾车疾速穿过金斯敦迷宫似的街道。马车不停地向前飞奔，丝毫没有减速，很快我们便通过了郊区，将整座城市抛在身后。我敲了敲车门，甚至还踢了一脚，可是，他毫不理睬。

他似乎知道我要送信给加西亚，而他的任务就是以最快的速度帮我结束第一段“旅程”。于是，在我数次让他听我说话的努力都徒劳之后，我只好听其自然，坐回座位上。

又走了四英里，穿过一片茂密的热带树林，我们沿着一条宽阔而平坦的西班牙小镇公路飞驰，直到来到一片丛林的边上，我们才停了下来。马车门被打开，一张陌生的脸孔出现在我面前。我被请求转到等候在旁的另一辆马车上。然而一切实在太奇怪了！所有的事井然有序，仿佛都已经事先安排好了。一句多余的话都不用说，一秒钟也没有耽搁。

一分钟后，我又开始了我的旅程。第二个马车夫与头一个马车夫一样沉默寡言。他不理会我尝试和他交谈的任何努力，只顾自己驾着马车以最快的速度向前飞奔。于是，我们很快便通过了西班牙小镇，经过科布雷河河谷，到达了岛屿的主山脉，那儿有一条路直通到加勒比海圣安妮湾碧蓝的海域。

尽管我一再尝试让马车夫和我说说话，但是他依然一言不发。他好像既听不懂我说的话，也看不明白我的手势，只管驾着马车沿着一条很宽敞的路往前赶。随着地势的升高，我们的呼吸也越来越顺畅。太阳快落山的时候我们来到了一座火车站旁边。可是，山坡上朝我翻滚下来的那团黑乎乎的东西是什么呢？难道西班牙当局已经预知我的动向，安排了牙买加军官来追踪我？

当这怪东西出现在眼前时，我开始有些着急。但是，当一位年迈的黑人蹒跚着来到马车前，透过门将一只香喷喷的炸鸡和两瓶巴斯啤酒递给我时，我松了一口气。同时，他连珠炮似的说出

穿过一片茂密的热带树林

加勒比海

了一长串当地方言，我只能时不时地听懂几个词，不过我能明白他是在向我表达高度的赞扬，因为我在帮助古巴人民赢得自由，他帮助我也是为了“尽自己的一份力量”。

但是，马车夫却好像一个局外人，无论对炸鸡还是对我们的谈话都没有丝毫兴趣。不一会儿工夫，我们已经换了两匹马再度出发了。车夫用力挥舞着马鞭。我连谢谢也没来得及说，只能向那位年迈的黑人高呼着：“再见，大叔！”刹那间，我们已经绝尘而去，以惊人的速度在夜幕下飞驰。尽管我完全明白自己肩负的使命有多么重要，但那一刻我为眼前的热带雨林所吸引，而暂时将之抛诸脑后。这里的夜晚和白天一样美丽。不同的是，在阳光下，这是一个四季常青的植物世界，到晚上则变成了昆虫的世界，它们飞来飞去吸引着人们的注意。短暂的黄昏刚刚结束，夜幕还没有完全降临，萤火虫已经点亮了自己的磷光灯，带着它们奇幻的美丽涌入丛林。当我穿过这片森林时，这些华美的萤火虫用自己的亮光照亮了整个树林，恍若真正的仙境。

可是，一想到自己需要完成的使命，即便是如此奇妙的景色我也无暇顾及了。我们继续向前飞驰，驱赶着马，能有多快就跑

热带雨林之虎 法国 亨利·卢梭

多快。突然，丛林中传来一声尖厉的哨声！马车停了下来。一群人从天而降一般出现在我们面前。我被一群全副武装的人包围了起来。在英属领土上被西班牙士兵拦截下来我并不感到害怕，但是，这种突然停顿仍然让我很紧张。因为牙买加当局采取的行动可能意味着这次任务的失败，如果牙买加当局得知我违反了该岛的中立原则，那么他们将不会允许我继续前行。如果这些人是英国士兵该多好啊！不过，我的担心很快就消除了。马车夫与他们一阵小声交谈之后，我们又开始上路了！

大约一个小时之后，我们在一栋房屋前停了下来，屋内昏暗的灯光映出了房子的轮廓。等待我们的是一顿丰盛的晚餐。革命党人都坚信人应该无所顾忌地大快朵颐。他们首先给我的是一杯牙买加朗姆酒。虽然我们在九个小时左右的时间里行进了七十多英里，途中换了两班人马，但是，我一点都不觉得疲倦，只觉得这杯朗姆酒是那么的令人愉快！接下来就是相互介绍。从隔壁房间走进来一位高大、精壮、看上去十分果断的人，他留着威猛的胡子，有一只手少了一根拇指；这是一个在紧急关头可以依赖，任何时候都值得信任的人。他的眼神流露出正直、忠实，显示出他具有高贵的灵魂。他是一位西班牙半岛人，曾经去过古巴，在圣地亚哥的时候因为不满西班牙旧制度，所以被砍掉了一根指头

美西战争中的士兵

并遭流放。他叫赫瓦西奥·萨维奥，负责护送我找到加西亚将军，把信送到他手中。其他人是受雇来带我离开牙买加的——还有七英里的路程要走——其中只有一个人例外，他将做我的“助手”，或者说勤务兵。

休息了一个小时后，我们继续前进。离开那座房子大约走了半个小时，我们又听到一阵哨声。停下马车，我们下了车，走进一片甘蔗地，在地里悄悄地穿行了大约一英里路，来到一个毗邻海湾的椰子果园。在离岸 50 码（1 码 =0.9144 米）远的地方，一艘渔船在水面上轻轻地摇摆着。

突然，小船上亮光一闪。这一定是一个报时信号，因为我们来的时候没有弄出一丝声响。赫瓦西奥显然很满意船上人的警觉性，回发了信号。我向革命党雇来的人表达了谢意，然后趴到一名涉水过来的船员背上，他背我上了船。至此，我完成了给加西亚送信的第一段路程。

毗邻海湾的椰子果园

上船后我才发现，为了压舱，船上堆了很多石头。还有一捆一捆长方形的东西，显然是货物，但是还不致于影响船的前进速度。不过，船长赫瓦西奥加上两名船员，再加上我的助手和我，以及石头和货物，船上所剩的空间很小了，待着很不舒服。我告诉赫瓦西奥，希望能以最快的速度航行到三英里限制区以外的海域，因为如果没有必要的话，我实在不想再领受英国人的热情招待了。他回答说，我们不得不用桨划船绕过岬角，因为狭窄的海湾里风力太小，无法扬帆航行。不过，我们的船还是很快驶出了海角，迎着一阵微风扬起船帆。于是，我的第二段行程开始了。

我可以毫不犹豫地说，我们出发之后我曾有过十分焦虑的时刻。如果我在距离牙买加海岸三英里的限制区内被捕，那么，我的名誉将岌岌可危。如果在距离古巴海岸三英里以内的区域被逮住，那么，我的生命将危在旦夕。我唯一的朋友就是这些船员和加勒比海。

向北一百英里就是古巴海岸，西班牙轻型驱逐舰在那儿巡逻，舰上装备着小口径的枢轴炮和机枪，船员们都佩有毛瑟枪——我后来才知道，他们的装备比我们船上的要先进得多，我们船上收集的都是些到处能捡到的杂七杂八的小武器。一旦和某一艘驱逐舰遭遇，我们几乎没有脱险的可能。但是，我必须成功；我必须找到加西亚，把信送给他！

我们的行动计划是，日落之前一直待在距离古巴海岸三英里以外的海域，然后乘夜色快速扬帆航行或者划船进入，掩藏在某个珊瑚礁后面，在那儿等到天亮。如果我们被抓，由于身上没有任何文件，我们的船很可能被击沉，敌人什么也不会问。装满石头的船很快就会沉入水底，就算有人发现了我们的尸体也说不出个所以然来。现在是清晨时刻，空气清爽宜人，长时间旅途劳顿的我正准备睡一觉休息休息，突然，赫瓦西奥一声惊呼，我们一下子全都站了起来。几英里外，一艘要命的驱逐舰径直向我们驶了过来。

他们用西班牙语厉声喝令我们停船，于是，船员们降下了船

加勒比海

战舰归航 英国 透纳

帆。又是一声喝令，除了赫瓦西奥，其他人都躲到了舷缘下。赫瓦西奥悠闲地靠在舵柄上，将船头和牙买加海岸保持平行。

“他也许会以为我是一个从牙买加来的‘孤独的渔夫’，从而放我们走。”这位舵手沉着冷静地说。

事实果真如此。当驱逐舰与我们靠近到能听见彼此说话声的距离时，那位多嘴的年轻指挥官用西班牙语冲赫瓦西奥喊道：“捕到什么东西没有？”

我的向导也用西班牙语回答道：“没有，可怜的鱼儿今天早上不上钩！”

如果那位海军少尉候补军官——或者是其他什么军衔的人——能够稍微聪明一点，把船横靠过来，那么他无疑能“捕到什么东西”，我也就不可能写下这个故事了。

等驱逐舰离开我们有一段距离之后，赫瓦西奥命船员重新升起帆，转身对我说：“如果先生觉得累了想睡觉，现在就可以尽情放松自己了，我想危险已经解除了。”

即使接下来的六个小时里有什么事情发生，对我也没有造成干扰。事实上，我以为，只有热带炙热的阳光能把我从摇摇晃晃的床垫上叫醒，否则我会一直睡下去。但叫醒我的却是古巴人，他们对自己的英语引以为豪，但却用西班牙语向我问好 :“你好，罗文先生！”

阳光一整天都很灿烂。整个牙买加被晒得通红，看上去就像镶在翡翠座上的一块巨大的宝石。青绿色的天空晴朗无云，往南，牙买加岛的坡面上一片片葱绿。但是北面天空却一片阴暗。一块巨大的云团笼罩着古巴，我们焦急万分地注视着乌云，却看不到丝毫云破天开的迹象。不过，风开始刮了起来，而且在几小时内风力越来越大。我们正好可以加速前进。赫瓦西奥在舵柄旁愉快地和船员们开着玩笑，嘴里吞云吐雾，看上去就像个火山喷气孔一样。

大约下午四点钟的时候，乌云散尽，马埃斯特腊山——古巴岛的主山脉沐浴在金色的阳光下，尽显其美丽与壮观。这就像掀起遮布，将一位艺术大师无与伦比的绘画杰作展现在了你的面前。在这里，色彩、人群、山峰、陆地和大海交相辉映，融为一体，壮丽辉煌。在世界上任何其他地方也找不到类似的美景，因为没有哪个地方海拔 8000 英尺（1 英尺 =0.3048 米）的高山顶峰竟能绿色葱茏，而且还有雄伟的碉堡城垛绵延数百英里！

但是，我的惊叹并没能持续多久。赫瓦西奥开始收帆，打断

古巴岛的主山脉——马埃斯特腊山

了我欣赏这炫目神秘的景象。我问为什么，他回答道：“我们现在离战区比我预想的要近。不论大海波涛汹涌还是风平浪静，我们都在驱逐舰的战区内。所以不管是好是坏，我们必须利用海面，坚持到底。再往前走，我们就要冒被敌人发现的危险，这完全是不必要的冒险。”

我们匆匆忙忙检查了一下武器。我只带了一把史密斯 - 韦森左轮手枪。于是，他们发给我一支看上去挺吓人的来复枪。我也许能用它开上一枪，但是，我真怀疑它是否能继续放出第二枪。

美西战争中美国『布鲁克林』装甲巡洋舰。

船员们和我的助手都配发了这样一件吓人的武器，除了领航员，他坐在座位上照看船首的三角帆。我此次使命执行过程中真正严峻的时刻即将来临。到目前为止，所有事情都算容易，相对也比较安全。而现在，危险正在向我们逼近，而且是关乎生死的危险。被抓住就意味着死亡，意味着给加西亚送信的失败。

我们距离海岸大约还有 25 英里，可是看上去似乎近在咫尺。直到午夜时分，三角帆才重新扬起，船员们开始用桨划着浅滩的

渡船遇难 英国 透纳

月光下的煤港 英国 透纳

海水前行。这时，一个浪头恰逢其时地在最后抬了一下我们的船，一股强大的作用力将我们推进了一个隐蔽而宁静的小海湾。我们摸黑把船停泊在距离海岸 50 码的地方。我建议大家立刻上岸，但是赫瓦西奥说 :“先生，无论是在岸上还是在海上都有我们的敌人，我们最好还是待在原地不动。如果有驱逐舰试图来打探我们，那么他们很可能会撞上我们刚刚经过的珊瑚暗礁，那时我们就可以上岸了，借助葡萄架的掩蔽，我们可以大大方方地行走。”

像雾一样笼罩在海天相接处的热浪已经开始慢慢地散去，大片的葡萄、红树灌木丛和荆棘树开始展现出来，差不多一直延伸到海水边上了。很难清楚地看见每一件事物，但是，太阳似乎不想让我们对周围的大自然感到更加迷惑，灿烂地升上了古巴的最高点——图基诺峰。刹那间，万象更新，迷雾消失了，笼罩在山脚灌木丛中的黑影不见了，拍打着海岸的灰色海水也奇迹般地变成了奇妙的绿色。这是一次辉煌的胜利，光明战胜了黑暗。

船员们已经在忙着往岸上搬东西。看见我默默地站在那儿，神色迷茫——因为我正在想着一位诗人写的几句诗：

> 黑夜的蜡烛已经燃尽，
> 欢快的白天踮起脚尖站在雾霭茫茫的山顶上。

这位诗人写这首诗时，脑海中浮现的一定是和现在相似的场景——赫瓦西奥便轻声对我说：“那是图基诺峰，先生。”

古巴的最高点——图基诺峰

不过，我的幻想很快就结束了。货物已经卸完了，我被送上岸，船也被拖到了一个小海湾里，然后倒扣过来藏进了丛林中。这时候，一群衣衫褴褛的古巴人围聚到我们上岸的地方来了。他们从哪儿来，如何得知我们是自己人，这些问题我一点也不明白。毫无疑问，他们之间已经交换过某种暗号了，他们是来当挑夫的。在他们当中有些人曾经当过兵，有些人身上还有被毛瑟枪的子弹击中留下的疤痕。

我们上岸的地方好像是从海岸通到丛林的各条道路的交汇点。向西大约走一英里，一股股小烟柱正从植被中袅袅升起。我听说这些烟柱是从“盐场”，或者是从古巴难民熬盐用的锅中冒

上岸

出来的，他们从恐怖的集中营逃出来后就躲藏在这些深山里。

我的第二段“行程”到此就结束了。

到目前为止我们已经经历了许多危险，然而，从这一刻起，将有更多的危险等着我们。西班牙军队正在大肆搜捕古巴人，由号称“屠夫”的韦勒率领的部队，无论对武装人员还是从集中营中出逃的难民——即使他们手无寸铁，一经发现，决不留情。我

美西战争中正待处决的囚犯

知道，余下的路途将充满艰险，但是，我无暇考虑这些，我必须立刻上路！

这个地方的地形很简单，向北有一片大约绵延一英里的狭长平地伸向内陆，被丛林覆盖着。大家要做的事就是开路，而且也只有土生土长的古巴人才能在这迷宫一样的路网中开路。很快，炎热的天气就令我难以忍受，让我很是羡慕那些同行的伙伴，他们身上没有穿一件多余的衣服。

我们继续向前行进，很快，大海和高山都被遮住看不见了，

热带丛林——土著人 法国 亨利·卢梭

甚至彼此之间也看不清楚，茂密的树叶、蜿蜒曲折的小路和炽热的薄雾遮挡住了一切。太阳的炙烤把这片丛林变成了一个小型的炼狱——尽管我们无法透过遮天蔽地的绿色看见太阳。不过，当我们渐渐远离海岸，走近那些山丘的时候，丛林开始被一片更广阔的，但植被没有先前那么茂密的绿林取代。

不久，我们来到了一块林中开垦地，在那儿找到了几棵果实累累的椰子树。椰子汁既新鲜又凉爽，犹如一剂灵丹妙药，滋润了我们干得冒烟的喉咙。可惜，我们不能在这个舒适的地方逗留太久。还有几英里的路程摆在我们面前，我们必须在天黑前翻越几个十分陡峭的山坡，到达另一块隐蔽的开垦地。很快，我们就进入了一片真正意义上的热带雨林。在这儿，我们的行程要稍微轻松一些，因为有空气流动，尽管不易觉察，但是却让人觉得呼吸顺畅了许多，也更加神清气爽。

从波蒂略到圣地亚哥的“皇家公路”横穿这片森林。当我们接近公路的时候，我发现我的同伴们一个接一个消失在了丛林中，很快就只剩下我和赫瓦西奥两个人了。我转身想问他一个问题，却看到他将一根手指放在唇上让我噤声，并示意我准备好来复枪

如今的圣地亚哥

和左轮手枪，紧接着他也隐身在了树丛中。

我很快就明白了他这些奇怪举动的原因。耳边响起了马蹄声，西班牙骑兵所佩戴的马刀“咔嗒咔嗒”的声音，偶尔还有命令声传进我的耳朵里。要不是同伴们的警觉性高，我们恐怕已经走上公路，正好与敌军正面遭遇！我扣上来复枪的扳机，将史密斯－韦森左轮手枪准备就绪，紧张地等待着接下来可能会发生的事情。我随时准备着听到枪声响起。然而，并没有枪声传来，我的同伴又一个接

美西战争中在古巴岛上的战士

一个地回来了，赫瓦西奥和几个人最后才出来。

“我们分散开是为了万一被发现时能麻痹敌人。我们分开在公路沿线一个较大的范围，这样，一旦开火，敌人就会误以为是我们埋伏的武装袭击。这本来应该是一次成功的袭击。”赫瓦西奥带着遗憾的神色补充说，“不过，任务第一！”他笑了笑，“娱乐第二！”

在起义军经常经过的小路旁，大家有个习惯：他们会生点儿火，将一些红薯埋在热灰里烤。如果有队伍经过，饿了的队员就可以拿出来吃。那天下午我们就碰到了这样一个火堆。每个人都吃到了一个烤红薯，然后，我们埋了火堆，继续前进。

吃红薯的时候，我想起了革命时期的马里恩和他的战士们，他们打仗的时候也这样吃过东西，于是，我的脑海中闪过这样一个念头：既然马里恩和他的部队能够取得胜利，那么这些古巴人也能取胜，因为他们同样被争取民族自由的精神鼓舞着，这种精神曾经激励了我们国家的爱国先辈们。想到自己所肩负的使命就是送信给他们的将军，尽可能促成我们国家的士兵来为他们作战，从而能够帮助这些努力奋斗的人，一种自豪之情油然而生。

到达那天行程的终点时，我注意到了一些穿着很奇怪的人。

“这些是什么人？”我问。

“他们是西班牙军队的逃兵，先生。”赫瓦西奥回答道，“他

在美西战争圣胡安山战役中，躺在地上的西班牙俘虏。

们从曼萨尼略逃出来，他们说是因为无法忍受饥饿和长官的残暴虐待才出逃的。”

目前这种情形，逃兵有时候是有价值的。但是，在这荒山野岭中，我宁愿与他们保持距离。谁敢保证他们当中不会有人在什么时候溜出营地去向西班牙军队报告：有个美国人正在穿越古巴，很明显是在向加西亚将军的营地进发。难道敌人不会想尽一切办法来阻止我完成任务吗？于是，我对赫瓦西奥说：“仔细盘问这些人，确保我们在此逗留期间不让他们离开营地！”

1808年5月3日夜枪杀起义者
西班牙 戈雅

"是，先生！"他回答道。

幸好我发出了这样的命令，才得以顺利完成使命。事实证明，我认为可能会有某些逃兵跑出去向西班牙将领报告我的行踪的想法是完全正确的。虽然无端猜测那些逃兵中有人会知道我的使命是不公平的，但是，我的出现却足以引起两个人的怀疑——他们最终被证实真的是间谍，而且差一点就刺杀了我。这两个人决定当晚离开营地，穿越丛林到西班牙前线去报告消息：有个美国军官正被护送着穿越古巴。

午夜过后不久，我被哨兵的质询声惊醒，紧接着听到一声枪响，几乎与此同时，一个黑影出现在我的吊床边。我一下子跳了起来，落在吊床另一边，这时又出现了另外一个人影，还没等我反应过来，第一个人就被砍刀砍倒在地，这一刀从他的右肩一直贯穿到肺部。可怜的家伙在临死前告诉我们，他们商量好了，如果他的同伴没能逃出营地，那么他就要杀掉我，不管我负责的是什么计划，都要阻止我完成。哨兵开枪打死了他的同伙。

第二天直到很晚我们才备齐了所需的马匹和马鞍，可时间已经太晚了，我们无法继续前进。我因为耽搁了行程而焦躁不安，但却无济于事。

美西战争中，美军中尉约翰·艾伦。

马鞍比马还难弄到。我有些不耐烦了，于是问赫瓦西奥：“为什么非得用马鞍而不直接骑马上路呢？”

“加西亚将军正在围攻古巴中部的巴亚莫，先生。”他回答道，“我们要走相当远的一段路才能到达那儿。”

这就是我们必须找到马鞍和马饰的原因。一位同伴看了看分给我的马，很快帮我装上了马鞍。在四天的骑行过程中，我对向导的先见之明越来越佩服。要是我不用马鞍直接骑在马背上，这将意味着我要遭受一次残忍的酷刑。不管怎样，我都要称赞一下这匹马，套上马鞍和马饰后真是一匹矫健的骏马，美国草原上任何一匹精心饲养的马都与之相差甚远。

如今的巴亚莫已经成为古巴重要的旅游名胜。

矫健的骏马

离开营地后，我们沿着山脊行进了一段距离。如果是一个不熟悉路径的人，他肯定会在这迷乱的荒野中陷入绝境。但是，我们的向导似乎对这些蜿蜒曲折的小路了如指掌，仿佛自己正走在宽阔的大路上。

我们刚刚离开一座分水岭，开始从东面山坡往下走时，突然碰到一群小孩和一位白发披肩的老人向我们问好。队伍停了下来，长者和赫瓦西奥交谈了几句，接着，森林中响起了“万岁”的呼声。这是在为美国欢呼，为古巴欢呼，为“美国代表”的到来而欢呼。这真是感人的一幕。我始终不知道他们是怎么得知我的到来的，但是，消息在丛林飞快传开，我的到来让这位老人和这群小孩十分高兴。

当晚我们在亚拉宿营，一条河流流经我们宿营的山丘。我意识到我们所处的地带潜伏着危险。这儿建有许多战壕，为了在西班牙军队从曼萨尼略攻打过来时防守峡谷。在古巴历史上，亚拉是一个非常伟大的名字，因为在1868—1878年的十年战争中，第一声对自由的呼唤就是从亚拉这座小镇发出的。他们让我把吊床挂在一座战壕后面，顺便说一下，这座“战壕”其实并不是战壕，而是一堵齐胸高的石墙。我还注意到，他们不知道从哪儿招来一名卫兵，一整夜都在站岗放哨。赫瓦西奥不想让我的任务出现任何闪失。

古马小镇亚拉

第二天早上，我们开始攀登马埃斯特腊山的一个支脉，山峰从马埃斯特腊山脉向北延伸，形成了这条河流的东岸。我们沿着

马埃斯特腊山

风化了的山脊向前行走。危险就隐藏在低洼处，我们很可能遭遇埋伏、枪击，或者被西班牙机动部队切断去路。

我们要涉过多条小河，堤岸笔直陡峭，我们开始不停地上上下下、攀高爬低。在我的一生中曾经看到过许多野蛮对待动物的场景，但都不及这一次残忍。为了让这些可怜的马走下峡谷然后再爬上去，我们必须采取超乎想象的刑罚手段。可是我们也没有什么办法，我必须把信送给加西亚。在战争期间，当成千上万人的自由都面临考验，几匹马遭点罪又算得了什么呢？我很同情这些牲畜，但是现在没有时间多愁善感。让我感到十分宽慰的是，我所经历的最艰难的一段行程总算结束了。我们在吉巴罗森林边缘的一幢小屋前停了下来，它被包围在一片玉米地当中。屋椽上挂着刚宰杀的新鲜牛肉，厨师正忙着在户外为“美国代表”准备美餐。

圣乔治射击手连队军官们的宴会
荷兰　哈尔斯

有人已经通报了我的到来，为我准备的大餐包括新鲜的牛肉和木薯面包。

刚刚吃完丰盛的大餐，忽然听到一阵喧闹的骚动，从林边传来说话的声音和踢踏的马蹄声。原来是里奥斯将军参谋班子里的卡斯蒂略上校到了。他以训练有素的军官风度代表他的首长对我的到来表示欢迎，首长预计将于明天早上到达。然后，他又跳上马背，身手就像运动员一样敏捷，用踢马刺使劲策马，像他来时一样，风驰电掣般地疾驰而去。

他的欢迎让我确信，我的确是在一名经验丰富的向导的带领下前进。

第二天早晨，里奥斯将军来了，与他同来的还有卡斯蒂略上校，他送给我一顶标有“古巴生产”的巴拿马帽子。

里奥斯将军有“海岸将军”之称。他的皮肤非常黑，显然具有印第安人和西班牙人的血统，走起路来像运动员一样步履轻健。在他管辖的范围内，西班牙军队没有一次突袭能取得成功，他随时都准备好了迎战。他的情报来源和直觉都十分神奇。转移那些躲藏的家属，给他们提供给养是一项艰难的任务，但是，他却顺利完成了，可以想见，预先得知敌军活动情报是非常重要的。西班牙人采取的对策就是进入森林对他们进行扫荡，如果一无所获，就将整个地区夷为平地。与此同时，里奥斯将军却采取游击战术，他的部队常常狙击西班牙队伍，有时候能对敌人造成极强的杀伤效果。

里奥斯将军另外派了两百名骑兵护送我。我们排着一列纵队前进，如果此时有人能看到我们，将会发现我们的队伍是相当壮观的。必须承认，我们是一支训练有素、行动迅速的队伍。我们再度进入森林，隐蔽在马埃斯特腊山的绿树浓荫里。这条路相对

阿拉斯泰上校 英国 亨利·雷班

来说要平坦一些，但是间或也横亘着堤岸陡峭的水流。山路都很窄，我们经常会撞上树枝，被刮破皮肤，还得不停地清理马背上掉下来的东西。令我惊叹的是，向导的步伐依然十分稳健。我处的位置通常是在队列中间，但是我很想走近去看看队首打头的那位壮汉，于是在下一个与河道交叉的地方，我策马向前，去

热带植物　法国　保罗·高更

对他仔细观察一番。他是一个黑人，皮肤简直黑得像炭一样，名叫蒂奥尼斯托·洛佩兹，是古巴军队的一名中尉。他能在人迹未至、繁枝茂叶的森林中探索出路径。他使刀的本领简直令人叹服。一路上，他为我们在丛林中开路，蛛网一般的蔓藤在他稳健的刀劈下后纷纷倒向两边，封闭的空间变成了开放的空地；他看上去就像永不知疲倦似的。

4 月 30 日晚上，我们到达了里奥布埃河，这是巴亚莫河的一条支流，距离巴亚莫城 20 英里。我们刚刚把吊床拉好，赫瓦西奥脸上带着满意的笑容出现在我们面前："他就在这儿，先生！加西亚将军就在巴亚莫，西班牙人正在向考托河下游撤退。他们的后卫部队在考托河内河码头。"

我急于和加西亚将军取得联系，于是建议连夜赶路。但是，

美西战争是美国为夺取西班牙的殖民地——古巴、波多黎各和菲律宾而发动的战争。这是在菲律宾马尼拉作战的士兵。

经过一番讨论，大家认为这样做无济于事。

在我们的编年表上，1898年5月1日这一天是“杜威日”。当我在古巴森林中沉沉入睡的时候，这位伟大的海军上将正在科雷吉多尔冒着枪林弹雨朝马尼拉湾艰难行进，去摧毁西班牙舰队。就在那天我给加西亚送信的途中，他击沉了西班牙战舰，武力逼近菲律宾首都。

那天一大早我们就上路了。我们沿着通往巴亚莫平原的山坡上一层一层的梯田往下走。这片辽阔的土地因为荒废多年，现在看上去就像未曾有过人烟似的。坎德拉里亚被焚毁的农场留下的黑色废墟无声地诉说着西班牙的战争手段。我们终于进入了平原地带。之前，我们在荒野中骑马走了一百多英里，几乎看不出一点人类曾在这片大自然慷慨惠赐的地方生活过的痕迹。足以让我们的队伍隐身的疯长的野草，火辣辣的太阳，难耐的酷热，我们就这样一直向前走。但是，一想到我们的目的地就在前面不远的地方，我们的任务马上就能完成，所有的不适都忘在了脑后。就连筋疲力尽的马好像也感受到了我们的期盼和热望。

我们找到了通往曼萨尼略－巴亚莫的皇家公路。在那儿碰到了许多衣衫褴褛但却兴高采烈的人，他们正急匆匆地往城里赶。

荒野的黄昏
美国 费雷德里克·埃德温·丘奇

这些快活的人们叽叽喳喳地交谈着，不禁让我想到了在我们途经的丛林中尖叫的鹦鹉。他们这是在返回自己被驱逐出去的家园。

骑马从河东岸的帕拉勒约到城里很近，这本来是一座拥有3万人口的城市，但现在却变成了一个大约只有2000人的小村庄。它被一排碉堡包围着，西班牙人在河两岸曾经建了许多碉堡。当我们来到这儿，首先映入眼帘的就是这些堡垒，袅袅升起的烟火让它们愈发引人注目。这些火是古巴人返回到这座坐落在曾经繁荣昌盛的河谷中的昔日大都市时点燃的。

我们在河岸边迅速列好队，等赫瓦西奥和洛佩兹与守兵交谈之后我们开始继续前进。行至中流，我们停下来饮马，自己也休息了一会儿，为我们最后的冲刺——将一个掌握着古巴战争命运的军官送到胡卡罗－莫隆铁路线的东边——积蓄力量。引用当天

圣约翰河上的西班牙碉堡船

报纸的话说："古巴将军们称，罗文中尉的到来在整个古巴军队中激起了极大的热情。"

几分钟后，我来到了加西亚将军面前。

这段漫长、艰辛、危险重重，随时都可能失败，随时都可能送命的旅程终于结束了。

我成功了。

我们来到加西亚将军的指挥部前，一面古巴国旗在大门上斜插的旗杆上轻轻飘荡。在这种环境下，以这种方式见到自己受命要见的人让我感到十分新鲜。

我们排成一行，同时下马，立正。将军认识赫瓦西奥，于是他上前走到门口，获准进入。很快他就和加西亚将军一起走了出来。将军热情地欢迎我，并邀请我和我的助手进去。将军将我一一介绍给自己的部下——他们都穿着洁白的军装，腰佩武器。将军向我解释，他之所以来晚了，是因为他们对赫瓦西奥从牙买加的古巴革命党那里带来的关于我的证明文件，进行了必要的审查。

塔尔列顿上校 英国 雷诺兹

幽默无处不在。起义军写来的信件将我称为"密使"，而翻译人员却将之翻译成了“自信的人”。吃完早饭，我们开始谈论正事。我向加西亚将军解释说，我的任务纯粹是军事任务——我离开美国的时候带来了外交国书；美国总统和作战部急欲了解有关古巴东部战局的最新消息（另外有两名军官曾经被派往古巴中部和西部，可惜他们都没有到达目的地）。美国急需了解的情况包括：西班牙军队占领区的形势；西班牙军队的状态和人数；军官，尤其是高级军官的性格特征；西班牙军队的士气；整个国家和各个地方的地形、通讯状况，尤其是路况。简而言之，他们需要了解任何与美国作战部署有关的资料。最后，也是最重要的一点，是联合作战还是分开作战，加西亚将军对于美军和古巴军队之间配合的作战计划有什么建议。另外，我还告诉加西亚将军，我们政府也很希望了解古巴军队在以上方面的信息，或者将军看看能够提供些什么情况。如果与他的计划不矛盾的话，我愿意跟随古巴军队一起去亲历战场，将军可以给我安排一个他认为合适的身份。

微笑的军官　荷兰　哈尔斯

加西亚将军沉思片刻，然后和所有部下一道退了出去，只留下他的儿子加西亚上校和我

待在一起。大约三点钟的时候，将军回来告诉我，他决定派三名军官和我一起回美国。这三位军官都是土生土长的古巴人，训练有素，久经考验，非常了解自己的国家，并且他们此次身份特殊，可以回答我们可能提出来的任何问题。就算我在古巴待上数月，恐怕也未必能作出如此完整的报告，而且现在时间非常宝贵，美国政府越早获得情报，对双方越有利。

他进一步阐明，他的士兵需要武器，尤其是大炮，这在攻击碉堡时非常重要。弹药也十分短缺，由于他们现在使用的许多来复枪口径不一，因而很难弄到充足的补给。他想，如果能用美国的来复枪重新装备一下他的军队也许更好，那样的话问题就简单多了。

和我们一同走的还有：赫赫有名的科利亚索将军、坎尔南德斯上校、别塔医生——他非常了解古巴岛乃至整个热带地区的疾病情况，另外还有两名熟悉北部海岸的水手；倘若美国决定为古巴提供所需的军事装备，那么他们将在返回的征途中发挥重要的作用。

我那天能继续说下去吗？我还能再问一些问题吗？还能再问一些其他的问题吗？我连续赶了九天的路，经历了各种各样的地形，我真希望能有机会仔细看一看周围奇特的环境。但是，我的回答犹如他的问题一样果决。我简洁地答道："遵命，先生！"为什么不呢？加西亚将军以他敏锐的洞察力以及快速适应各种状况的能力已经为我免除了好几个月的无益辛劳，并且还可以使我们国家获得有关这个岛上现实情况的详细情报，和古巴人民自己掌握的情报一样详尽，当然也不会比敌人掌握的情况差。

接下来的两个小时，他们为我举行了一次非正式的招待会。

美西战争中美国『哥伦比亚』号巡洋舰

然后五点钟是最后的晚宴，宴会结束时，我被告知护送我的人已经在门外等候。我走出去，令我感到意外的是，在队伍里并没有看见我原来的向导和同伴。我请求见赫瓦西奥，于是赫瓦西奥和其他从牙买加来的队友一起走了出来。赫瓦西奥想和我一起走，但是加西亚将军不同意，因为南方海岸需要他们效力，而我将从北方返回。我向将军表达了我对赫瓦西奥和他的船员们，以及从

马埃斯特腊山要塞征召过来的那些骑兵们的感激之情。一个真正拉丁式的拥抱后，我走过去，上马。当我们的马向北疾驰而去的时候，三声欢呼声腾空响起。

我终于把信送给了加西亚将军！

送信给加西亚将军的路途上危险重重，相比我返回美国的行程，它却重要得多。现在，战争已经爆发，西班牙人非常警惕，他们的士兵在海岸上到处巡逻，每一个海湾和海口都有他们的舰船把守，他们的大炮随时准备毫不犹豫地向任何破坏战争规则的人开火。在敌人的领域内，不管我是出于何种目的来到这儿，他们都会把我当成间谍。一旦被发现就意味着死亡，绝难逃脱。

同时，我还没有将大海和天气可能产生的恶劣因素考虑在内，很快它们将向我证明，成功不仅仅是完成一次远航的问题。但是，我还是必须努力，并且一定要取得成功，否则我的使命将无果而终。战争的胜败在很大程度上或许就取决于这次任务是否圆满完成。

我的同伴和我一样也有这种油然而生的忧虑，因而当我们穿越古巴向北行进时十分小心谨慎。我们绕过西班牙军在考托河内河码头的阵地——那里是河上交通的要津，至少对炮艇

港湾 法国 博纳尔

来说是如此——直至到达水瓶状的马纳蒂港。港口对面有一座巨大的碉堡，大炮林立，守卫着入口。万一西班牙士兵知道了我们的到来，我们就彻底完蛋了！不过，也许正是我们的胆大妄为拯救了我们。谁能想到，像我们这样身负如此重任的“敌人”会选择从这儿上船？

我们搭乘的是一艘小船，容积 104 立方英尺（1 立方英尺 =0.028317 立方米）。船帆是麻布袋拼接成的，口粮只有煮熟的牛肉和清水。就是这样一条小船将载着我们远航，而且我们还真的向北扬帆航行了 150 英里，到达了拿骚岛的新普罗维登斯。想象一下这是什么样的情形：我们在敌人的海域里航行，敌人的快艇和装备精良的驱逐舰在四周巡逻，而我们乘坐的却是这样一艘小船！但是，正所谓“破釜沉舟，背水一战”！这是我们圆满完成任务的唯一办法。

拿骚岛

拿骚岛位于巴哈马群岛中北部的新普罗维登斯岛北岸，距美国的迈阿密城只有 290 千米。

显而易见，这条小船无法承载我们六个人。于是别塔医生只

好骑着马和护送人员一起返回巴亚莫，而剩下的五个人则准备向西班牙大炮发起挑战，乘着这艘用麻布袋做帆、比一叶轻舟大不了多少的小船与西班牙炮艇斗智斗勇！

海上风暴 荷兰 伦勃朗

正当我们决定出发的时候，狂风暴雨骤起，海上一时间波涛汹涌，使得我们不敢贸然出海。然而，就算原地等待也是非常危险的！因为现在正是月圆时期，一旦暴风将云层吹散，我们的行踪就会暴露。但是，命运之神眷顾了我们！

十一点钟的时候我们上船了。因为只有五个人，船在水里行进得很顺利。凌乱的云层迅疾地从月亮前飘过，一会儿遮住我们，一会儿又将我们暴露出来。我们四个人划桨，一个人掌舵。经过碉堡时我们并没有看到堡垒，或许也正因为如此我们才没有被发现吧，但是，也不难想象大炮张着黑洞洞的大嘴随时准备向我们开火的画面。我们继续艰难跋涉，随时等着听到大炮的轰鸣声和嗖嗖的枪声！我们的小船就像一只蛋壳一样在海里跌跌撞撞，摇摇晃晃，好几次差点翻船。但是，我们的水手熟悉航道，我们的麻布袋船帆也经受住了考验，于是，很快我们就仿佛在穿越“荒无人迹的草原”一样开始勇往直前了。

极度的辛劳让我们十分疲倦，而且总是从一个浪头划到另一个浪头，非常单调乏味，我竟然直端端地坐着睡着了。但是，没

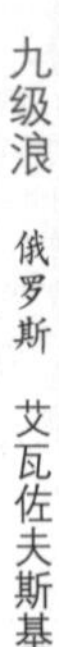

九级浪 俄罗斯 艾瓦佐夫斯基

睡多久，一个巨浪袭来，我们的船几乎灌满了水，差点翻了船。从那一刻起，再也没有谁能睡上一会儿。我们不停地舀啊，舀啊，一整晚都在往外舀水。突然，太阳穿过薄雾出现在地平线上，我们浑身都被海水浸透了，筋疲力尽，看到阳光不禁高兴万分！

“有一条船（一条蒸汽船），先生们！”舵手大喊。

大家的心一下子提到了嗓子眼上！万一是一艘西班牙战舰怎么办？那将意味着我们在劫难逃。

“两条，三条，见鬼！十二条船！”舵手大叫着，其他同伴也跟着他叫了起来。难道真是西班牙战舰？

还好不是！是桑普森海军上将的战舰正全速向东驶去，去攻打波多黎各的圣胡安！

我们大大松了一口气！

那天一整天我们就在烈日的炙烤下一直舀啊，舀啊。然而，大家都没有睡意，谁也不敢放松紧绷的心弦。尽管有美国军舰出现，但是西班牙炮艇也有可能躲过他们的警戒，若果真如此，他

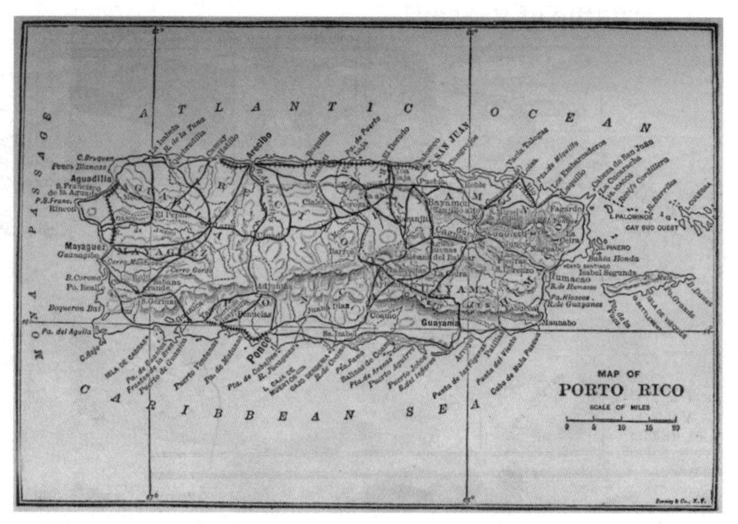

波多黎各地图

们就可以追上来抓住我们。夜幕降临在我们五个精疲力竭的人周围。疲累几乎要将我们击垮了，但是我们决不能歇一下。随着黑夜的降临，海风再度刮了起来，随着风力越来越大，波涛开始翻滚，于是，为了不让我们的小船沉下去，我们又开始不停地舀水，舀水，舀水。一直到第二天，5 月 7 日早晨十点钟，我们看见巴哈马群岛安德罗斯岛南端的柯利礁岛群的那一刻，才终于有了如释重负的感觉，十分高兴地上岸休息了片刻。

那天下午，我们赶上了一艘采集海绵的大帆船。船上有十三名黑人船员，这些黑人说一种古怪的方言，我们一点也听不懂。但是，手势是通用的语言，很快我们就协商好了换船。这艘船上带着几口生猪当食物，而且还带了一架手风琴。我这辈子都不想再听到手风琴的声音了！当时我已经疲累到了极点，然而手风琴刺耳的声音却让我难以入眠。

第二天下午，我们在绕过新普罗维登斯岛东端时被检疫官员抓住，关在了霍格岛上，他们的借口是我们得了古巴黄热病。

但是，第二天我给美国总领事麦克莱恩先生捎了个口信，于是，在他的安排下，我们在 5 月 10 日获释。5 月 11 日，“无畏”

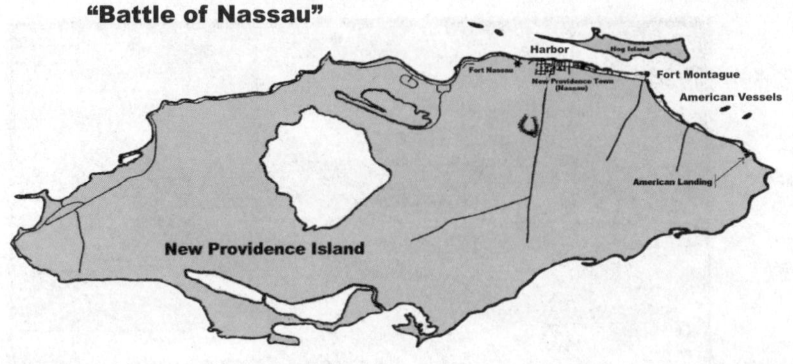

新普罗维登斯岛 此岛是巴哈马联邦的主要岛屿，位于西印度群岛中巴哈马群岛北部安德罗斯岛和伊柳塞拉岛之间。

号帆船开到了码头，我们上船再度开始了航程。

当船到达佛罗里达礁岛群后面时，我们就没有那么幸运了。风停了，5 月 12 日一整天小船都无法航行起来，不过，到了晚上微风吹起，因而 5 月 13 日早上的时候，我们已经顺利抵达了基韦斯特。

那天晚上，我们坐火车到了坦帕，然后在那儿换乘火车前往华盛顿。我们按预定时间准时到达，我向战事秘书拉塞尔·A.阿尔杰作了汇报，他听了我的陈述后让我带着加西亚将军派来

美国海军『无畏』号舰

布列达的投降　西班牙　委拉斯凯兹

的人去向迈尔斯将军汇报。接到我的报告后，迈尔斯将军给战事秘书写了一封信："我推荐美国第十九步兵团一等中尉安德鲁·S.罗文为骑兵团中校。罗文中尉进行了一次古巴之行，与起义军及加西亚中将取得了联系，为政府带回了非常重要和宝贵的情报。这是一项极度危险的任务，我的意见是，罗文中尉完成了战争史上非常少见的一次英勇无畏的英雄壮举。"

大约在我回来一天之后，我在迈尔斯将军的陪同下参加了一次内阁会议，会议结束时麦金莱总统向我表达了祝贺和感谢，感谢我把他的愿望传达给了加西亚将军，并高度评价了我的工作。

"你表现得非常勇敢！"他最后说道。这件事对我来说是第一次，我不仅完成了一次简单的任务，而且完成了一个"不追究为什么"，只服从命令的军人应该完成的任务。

我把信送给了加西亚将军。

上帝为你做了什么

——马克·戈尔曼

一百多年前，为了填补一本即将出版的杂志的一处空白，有人写了一篇简短的文章。这是一篇关于一位美国军人的文章，正是这篇看上去无关紧要的文章后来竟然成了印刷史上发行量最大的出版物之一。《致加西亚的信》已经被翻译成世界上的多种语言，印数超过了一亿册。这篇文章的重要意义到底是什么，竟然在全世界引起了这么大的轰动？

美西战争中，美国第一骑兵师西奥多·罗斯福上校。

1899年，一位叫埃尔伯特·哈伯德的人为一本名为《菲士利人》的小杂志写了一篇评论。喝茶的时候，哈伯德和家人在一起讨论美西战争。大家都为古巴起义军领袖卡利斯托·加西亚将军喝彩，认为他为古巴战争取得胜利起到了关键作用。这时，哈伯德的儿子伯特却提出了异议。

“在我看来，”伯特大胆地说，“战争中真正的英雄并不是加西亚将军，而是罗文中尉，那个把信送给加西亚将军的人。”儿子的话跃进了哈伯德的脑海。

于是，哈伯德写下了《致加西亚的信》这篇文章，并印刷出版。他并没有怎么在意这篇文章，直到杂志开始收到要求加印那一期的请求。

要求加印的请求越来越多，令这本杂志实在穷于应付。看着这些汹涌而来的订单，哈伯德感到迷惑不解，于是问，为什么人们对这期杂志如此感兴趣？当他得知这些订单都是为了他写来补白的关于罗文的那篇文章时，他感到十分惊讶！订单一来就是十万份，五十万份，一百万份。最后，哈伯德不得不将重印版权授予那些需求量极大的人，因为他的印刷能力有限，无法承担如此巨大的印量。为什么有这么多人对这篇关于一个默默无闻、名叫安德鲁·萨默斯·罗文的中尉的文章如此感兴趣呢？原因就在于：每个人都在寻找像罗文这样的人！

1895 年，古巴民族正在为摆脱西班牙的统治而斗争。占领古巴岛的西班牙士兵残酷压迫岛上的人民。他们急切地渴望获得自由。美国非常关心古巴的情况，这不仅仅是因为古巴在地理位置上与美国相邻，而且还因为那儿有美国的经济投资。到了 1897 年，古巴的形势进一步恶化，在哈瓦那的大街上，古巴民族主义者和西班牙士兵之间的冲突引发了骚乱。麦金莱总统派遣“缅因”号战舰进驻古巴境内，清楚地表明美国势力在古巴的存在。这艘美国战舰停靠在哈瓦那海港，向西班牙政府传达着一个清晰的信号：

美西战争中扭曲了的『缅因』号战舰残骸

美国将致力于保护其在古巴的利益。尽管战舰停在那里很有威慑力，但是，“缅因”号并没有参与任何反对西班牙的敌对行动。

然而，1898 年 2 月 15 日，一声巨响撼动了哈瓦那港，美国战舰“缅因”号突然爆炸沉没。距离美国海岸不到一百英里发生的这一公然挑衅行为令美国人民十分震惊。麦金莱总统向西班牙政府发出最后通牒，要求其撤出古巴。4 月，美国与西班牙正式开战。最终，美西战争不仅为古巴赢得了民族独立，同时也解放了亚洲的菲律宾群岛。

就在对西班牙宣战前夕，麦金莱总统会见了美国军情局局长阿瑟 · 瓦格纳陆军上校。麦金莱总统问 :“在哪儿能找到一个可以帮我把信送给加西亚的人？”古巴起义军与美国的合作对这次战役的胜利起着关键作用。因此，迅速与起义军领袖卡利斯托·加西亚将军——一个在古巴出生的克里奥尔人——取得联系显得至关重要。此时加西亚将军正身处古巴深山的某一处，带领起义军为争取独立自主而奋战。他是西班牙军队全力追捕的人物，没有

威廉·麦金莱总统

人知道他具体身在何处。

瓦格纳上校毫不犹豫地对总统说："有这么一个人，一个年轻的中尉，名叫安德鲁·萨默斯·罗文。如果说有人能把信送给加西亚，那么这个人就是罗文。"

一小时后，瓦格纳上校已经站在了罗文中尉面前。"年轻人，"这位长官说道，"你必须把一封信送给加西亚将军，他可能在古巴东部的某个地方……从计划到行动你必须亲自负责。这是你的

劳动
法国　马道克斯 · 布朗

任务，而且责无旁贷。”然后，瓦格纳上校一边和罗文握手，一边重复道：“一定要把信送给加西亚将军。”罗文没有提出任何质疑便开始了寻找加西亚的旅途。

罗文顺利地将信送给了加西亚将军，并给麦金莱总统带来了回复。他从来没有问过“他在哪里”、“他长什么样”、“谁是他的联络人”、“我怎么到那儿”等类似问题，他只是接受命令，做他受命要做的事。

我们当中有罗文这样的人吗？有没有人能够不问上司任何问题就去把信送给加西亚？有没有不需要雇主全程手把手指导就能

完成工作任务的人？如果没有，那么这位老板还不如自己去做。

有没有这样的人，我只需吩咐他去完成一项任务，等我下一次见到他的时候，他就告诉我：“我已经干完了。接下来需要我做什么？”在哪儿才能找到这样的人呢？他在哪里？我能找到一个罗文吗？有没有能把信送给加西亚的人？

这种人确实有，只是不太多。现在可能就有一些像罗文一样的人正在阅读这篇文章。世上总会有一些人是不同寻常的。不同寻常就意味着超越常人。这些人不仅会做别人期望他们做的事，他们也会超出别人的预料，追求卓越。以下摘自埃尔伯特·哈伯德一百多年前写的那篇文章，但看上去却像出自今天的手笔：

> 我想强调的重点是：麦金莱总统将一封写给加西亚的信交给罗文，而罗文接过信，并且没有问：“他在哪里？”
>
> 太伟大了！这样的人应该为他铸造一座不朽的青铜雕像，并且把雕像立在全国各所大学里。年轻人需要的不仅仅是学习书本知识，也不仅仅是聆听这样那样的教诲，他们需要的是一种能让他们坚持向上的敬业精神，让他们能够忠于责任，行动果决，集中精力，全心全意地去做一件事——把信送给加西亚。
>
> ……
>
> 读者不妨来做个实验。假设你现在正坐在办公室里，旁边有六位员工。随便叫来其中的一位，对他说：“请你查一查百科全书，帮我做一个有关柯勒乔生平的简要备忘录。”这位员工是否会平静地回答“好的，先生”，然后就去执行任务呢？
>
> 无论如何他都不会。他会用疑惑的眼神看着你，然后问你下面这些问题当中的一个或者更多：

维纳斯、丘比特与萨提尔斯　意大利　柯勒乔

“他是谁？”

“哪一本百科全书？”

“百科全书在哪儿？”

“雇我来是做这个的吗？”

“为什么不让查理去做这件事？”

“他还在世吗？”

“着急要吗？”

“要不要我把百科全书搬过来你自己查一下？”

“你为什么要查他呢？”

……

此时，如果你够聪明，就不会费心向你的“助手”解释，柯勒乔的资料应该在C字母打头的索引中查找，而不是在K字母的索引中，你会微笑着对他说“没关系”，然后自己去查。

一百多年以来，人们并没有多大变化，不是吗？每当我交给别人一项任务，而当他们开始连珠炮似的发问时，我立刻就会心想：“这个可怜的人不可能把信送给加西亚。”

能够把信送给加西亚的人很少。大多数的人都满足于现状——只

巴士底圣母 意大利 柯勒乔

要做到普普通通就行。我无法理解这种满足于平庸的普遍性。只有你决定要成功，你才会获得成功。只有当你下定决心不让生活为你做决定，你才会获得成功。我们要为自己做决定。你可以选择“做一天和尚撞一天钟”，也可以选择出类拔萃。

我想起了《圣经·马可福音》里的一个故事。经过一段长途

《福音书》作者路加
带细密画的《奥斯特罗米尔福音书》插图（部分）

跋涉之后，耶稣和他的使徒们都很饿。耶稣走到一棵漂亮的无花果树前，然而树上却没有果实。于是，耶稣诅咒了这棵树，因为它不结果实。第二天，当他们再次从这棵树旁边经过的时候，有位使徒发现，无花果树已经枯死了。

最近，我在读这则故事的时候注意到了一些在我以前的阅读过程中被忽略的东西。这篇经文说，那棵无花果树没结果实是因为当时没到季节。显而易见，我的问题是："主啊，你对这棵树的惩罚是否有些过于严厉了？要知道，在那个季节没有哪棵无花果树会结出果实。"

后来，在那晚凌晨两点的时候，我突然从床上坐了起来，因为上帝在对我说话。他说："如果你所做的一切都是自然而然地发生，那么我就不会被人们所铭记。"

上帝不希望我们只做那些自然而然发生的事情。他希望我们能做的远远不止方便和舒适的事。对于我们来说，在生活的长河中随波逐流就是平庸。甘于平庸是上帝最不愿意你我做的一件事。耶稣用那棵无花果树的例子来告诉我们他想要我们怎么做。

全能的神——基督
意大利西西里切法卢大教堂镶嵌画

毛纺工场　意大利　卡瓦洛里

他希望那棵树能够多产，一年四季硕果累累。既然你可以选择比大部分人都优秀，为什么还要甘于平庸呢？如果你可以在一年中的某一天结出果实，那么为什么不在一年三百六十五天中天天结果呢？为什么我们只做那些人人都在做的事情呢？为什么我们不能超越平庸呢？

没有人能够自然而然就赢得奥林匹克竞赛。那些把金牌捧回家的运动员必须努力争取超越已有的纪录。我厌倦了平庸。我对哈伯德写下面这些话时的感受深有同感。

> 最近，我听到许多对那些“在血汗工厂里倍受压榨的人”和那些“为求得一份正当工作四处奔波的无家可归者”深表同情的声音，同时，把那些掌权者骂得体无完肤。
>
> 但是，从没有人提及那些倾其一生努力都无法使那些懒散的饭桶做些有用的工作的雇主；没有人说，那些雇主是如何长期耐心地努力寻找“帮手”，但只要他们一转身，这些“帮手”就无所事事、游手好闲。
>
> ……
>
> 我是不是有点夸大其词了？或许是。但是，当整个世界都在热衷于访问贫民窟时，我希望能向那些成功者表示同情……
>
> 我敬佩那些不论老板在不在场都能坚持做好自己工作的人；敬佩那些只是默默地接过信，不会提出任何愚蠢的问题，不会暗地里打主意一出门就把信扔到下水道里，去做送信以外的事的人。他们永远都不会被“炒鱿鱼”，也不必为了加薪而罢工。
>
> 文明的进程就是热切地寻找这样的人的漫长过程。

现代城市，生活的熔炉
卡兹米尔兹·波德萨德基
蒙太奇照片

这些人所要的东西都能得到。每座城市、城镇和村庄，每个办公室、商店、商场和工厂都需要他们。全世界都在呼唤：我们需要，而且急需这样的人——能“把信送给加西亚”的人。

永远都不要说别人对你的期望超出了你对自己的预期。如果有人挑剔你的工作做得不够完美，不要找借口。承认你没能做到最好吧，不要站出来竭力为自己辩解。当我们可以选择做优秀的人时，为什么要甘于平庸呢？我厌倦了听人们说对自己高要求有违他们的本性。他们也许会说：“我的个性和你的不同。我没有你那么有闯劲。那不是我的本性。”

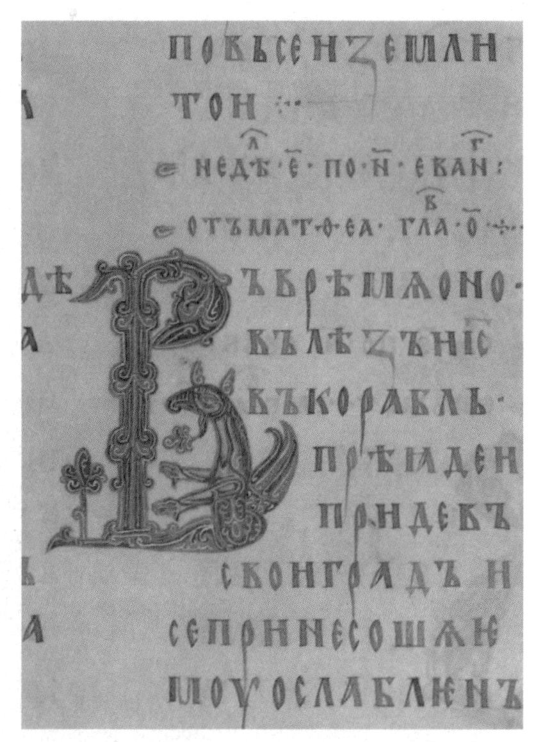

龙形字母

带细密画的《奥斯特罗米尔福音书》插图

对于这些人，我的答案就是：“改变。”真的，这只是个决心问题。下定决心去改变吧！

《圣经》对于优秀这个主题有着极深的研究。《马太福音》上说，有个人要去一个很远的地方旅行，临走之前他把所有的仆人召集起来，将自己的财产委托给他们保管。经文说道，他给了第一个仆人五个塔兰特，第二个仆人两个塔兰特，第三个仆人一个塔兰特。他是根据每个人的能力做出分配的。分到五个塔兰特的人用这些钱去做生意，另外赚了五个塔兰特回来。同样地，分得两个塔兰特的人也赚回了两个塔兰特。但是，那个分得一个塔兰特的人却跑去把主人给的钱埋了起来。

过了很久，这些仆人的主人回来与他们结账。分到五个塔兰特的人带来了另外五个塔兰特。他的主人说：“好，你这又良善又忠心的仆人。你在一些事情上还是很忠心的，我要把许多事派给你管理。尽情享受你主人的快乐吧。”

分得两个塔兰特的仆人也带来了自己赚到的另外两个塔兰

特。他的主人说："好，你这又良善又忠心的仆人。你在一些事情上还是很忠心的，我要把许多事派给你管理。尽情享受你主人的快乐吧。"

接着，分到一个塔兰特的人也来了，他说："主人，我知道你想成为一个强人，想收获没有播种的土地，收割没有撒种的庄稼。我很害怕，于是将你的钱埋在了地下。还给你，这是你的钱。"他的主人听了后回答道："你这又恶又懒的仆人！你既然知道我

收割 俄罗斯 魏涅济安诺夫

『阿波罗4号』计划的总工程师沃纳·冯·布朗（正中手持模型者）

想收获没有播种的土地，收割没有撒种的庄稼，就应当把我的银子存在银行家那里，到我来的时候，可以连本带利收回。”因此，夺过他的塔兰特转送给那个有十个塔兰特的仆人。对每一个已经拥有的人来说，给的越多，他们越富有；而对那些一无所有的人来说，甚至连他们有的也会被剥夺。

这个仆人本以为自己会得到主人的赞赏，因为他没有弄丢主人给他的那个塔兰特。他认为，没有弄丢或者输掉这个塔兰特，他就算完成了任务。然而，主人的看法却不同。他不希望自己的仆人只做那些自然而然发生的事情。他希望他们有所超越，他希望他们能够做得比普普通通更好。他们中有两个人做到了。他们让主人给自己的东西的价值翻了一番——增加了百分之一百。而那个愚蠢的仆人的想法却是“得过且过”。

一生中我碰到过太多持这种态度的人：“只要把那些我不得不做的事情完成就可以了，我可不打算把每件事都做得尽善尽美。”

你怎样对待自己被赋予的一切？是不是你周围的人做多少你就做多少？你的想法和那个愚蠢的仆人一样吗？

美国国家航空航天局空间研究开发所的沃纳·冯·布朗是“阿波罗 4 号”计划的总工程师,在谈到该计划中推动宇宙飞船的“土星 5 号”运载火箭时，他这样说道 :“‘土星 5 号’有 5600000 个部件。即使我们有 99%的把握，不过仍然可能会有 5600 个部件存在缺陷。然而，‘阿波罗 4 号’计划在进行模拟飞行时只发生了两次异常现象，这就说明部件的可靠性是 99.999%。如果一部由 13000 个部件构成的普通汽车具有同样的可靠性，那么，它的第一块有缺陷部件将会出现在一百年之后。”

为什么我们的汽车不能造得和“土星 5 号”火箭一样精密呢?因为美国国家航空及太空总署遵循的是比汽车工业更高的一系列标准。我们应该像美国国家航空及太空总署学习。上帝期望我们追求完美——为自己设立一个高于他人的标准。

我希望你能问问自己 :“我能把信送给加西亚吗？如果有人告诉我他隐藏在古巴的丛林中，我能把信送给他吗？如果我不知道他长什么样，不知道去哪里找他，我能做到吗？”如果你渴望

死岛　德国　勃克林

我们可以把这幅题为“死岛”的名画理解为绝境，但是死岛并非没有出路，只要我们不对自己放弃，勇往直前，就可以开辟出一条光明之路。

成功，那么，你就会找到成功的道路。如果你下定决心要成功，那么你就会成功！

我们现在都变成了寻找借口的专家——为我们做不到应该做到的事找借口。为什么我们就不能接过一份工作，出色地完成它呢？人们总是告诉我各种各样的借口说明他们为什么不能完成应该完成的工作。

做一个罗文这样的人吧。去吧！下定决心，做出选择。有些事可能会拖累我。在前进的道路上，我可能会陷入泥沼。也许，有时候我会发现自己身处绝境，不得不再三坚持才能闯过去；有

红色的葡萄园
荷兰　梵·高
付出与收获在一定程度上是呈比例的，没有付出，永远品尝不到葡萄的美味。

时会觉得被侮辱、被蹂躏，我不知道自己下一步是否还能迈出去。但是，我不会停步，我不会放弃。放弃甚至不是一种选择。我一定会完成摆在我面前的任务。在我生活的每一个领域，我都要追求尽善尽美。即使跌倒，我也要重新爬起来。我会拍拍身上的灰尘，继续勇往直前，直至获得成功！

上帝，赐予我们像罗文那样的人吧！

如果我受命去送信给加西亚，我知道我一定能送到。你可能

会觉得我骄傲自大，但事实并非如此。这是自信。我知道，如果你交给我一封信，说“把它送给加西亚”，我一定能把它送到。我也想让你送一封信给加西亚。做到最好吧！如果一直以来别人都对你说“你不会取得成就”，不要去听信这些谎言。别人告诉你的那些消极的话根本就无关紧要。

下定决心吧！成功等于1%的灵感加上99%的汗水。只要你付出努力，你就能成功。你愿意下定决心出色地完成工作吗？你准备好了去把信送给加西亚吗？

在我办公室的墙上悬挂着一块匾额，上面的题词是：

> 卓越就在于比别人想得更多，冒更多的风险，有更多的梦想，有更高的期望。

选择过一种卓越的生活吧。追寻自己的目标。有自己的梦想，你会成功。去把信送给加西亚吧！

它说明了一切

对于州长来说，《致加西亚的信》能够给予他的团队非常重要的启示。

——威廉·亚德利

塔拉哈西（美国佛罗里达州首府）——当选州长那天，杰布·布什在一本小硬皮书的扉页上签上自己的名字，把它送给了自己新上任的二把手。

薄薄的一本小册子，只有支票簿那么大——这本《致加西亚的信》现在就放在副州长弗兰克·布罗根办公室里的一张茶几上。布什在签

佛罗里达州立纪念碑

名上面写下这样一句话："你是一位信使！"

事实证明，布罗根的确是布什政府里的众多信使之一。

有几个月的时间，州长新闻办公室的墙上钉着一张纸，每一个读过《致加西亚的信》这本小册子的人都要在上面签上自己的名字。到了当年春天，这页纸上已经签满了名字。

"我把它献给那些在政府建立之初与我们同行的人，"布什最近在回复一封电子邮件的时候说道，"我在寻找那些能把信送给加西亚的人，让他成为我们团队中的一员。那些坚毅、正直，不需要其他人过多监督的人才是可以改变世界的人！"

事实上，《致加西亚的信》只是一篇很短的文章，被制成的小册子的装订和封面也很简单。

在美西战争中，当听到敌方投降的消息时，坚守在古巴岛上的美军士兵挥舞着帽子欢呼。

《致加西亚的信》最初发表于1899年，讲述了安德鲁·萨默斯·罗文中尉在1898年勇闯古巴山林的经过。美国即将与西班牙开战，威廉·麦金莱总统派遣罗文去寻找卡利斯托·加西亚将军，他是反对西班牙统治的古巴起义军领袖。

罗文没有问他怎么样、在哪儿能找到加西亚，接过信就出发了。他找到了加西亚，并返回到华盛顿，向麦金莱总统汇报了起义军和西班牙军队的兵力以及其他情报。在开战前夕，这些情报

威廉·麦金莱总统

是至关重要的。

报纸对这次简直不可能完成的任务进行了大肆宣传。于是，罗文一下子出了名。

受到这个故事的启发，纽约州北部地区的一位印刷商写了一篇文章，这篇文章随即成为了世界上最畅销的出版物：它是一代雇主激励员工的材料；一个世纪后，又成了布什总统和他年轻的共和党职员们的某种信条。

这位印刷商兼随笔作家埃尔伯特·哈伯德写道：

我想强调的重点是：麦金莱总统将一封写给加西亚的信交给罗文，而罗文接过信，并且没有问："他在哪里？"

太伟大了！这样的人应该为他铸造一座不朽的青铜雕像，要把雕像立在全国各所大学里。年轻人需要的不仅仅是学习书本知识，也不仅仅是聆听这样那样的教诲，他们需要的是一种能让他们坚持向上的敬业精神，让他们能够忠于责任，行动果决，集中精力，全心全意地去做一件事——把信送给加西亚。

向日葵
荷兰　梵·高
读者的品位似乎有一种趋向性，那些积极的、催人奋进的作品往往能够成为永恒的经典。

他没有把这句话当战斗曲一样颂唱，但是，布什的信息局长贾斯廷·赛非说："新闻办公室的每个人都被要求阅读这篇文章。这是我一直坚守的一条很好的指导原则——不要因工作中的障碍而停滞不前，依靠自己，完成任务。所有的高级职员都读过这篇文章。"

那么，杰布·布什是怎么读到《致加西亚的信》的呢？

肯·赖特是奥兰多的一名律师，他曾经为布什和他的前总统父亲的竞选效力。1998 年布什竞选州长的时候，他把这本小册子送给了布什。

赖特是这样解读这篇文章的："我从不允许抱怨。我的道德

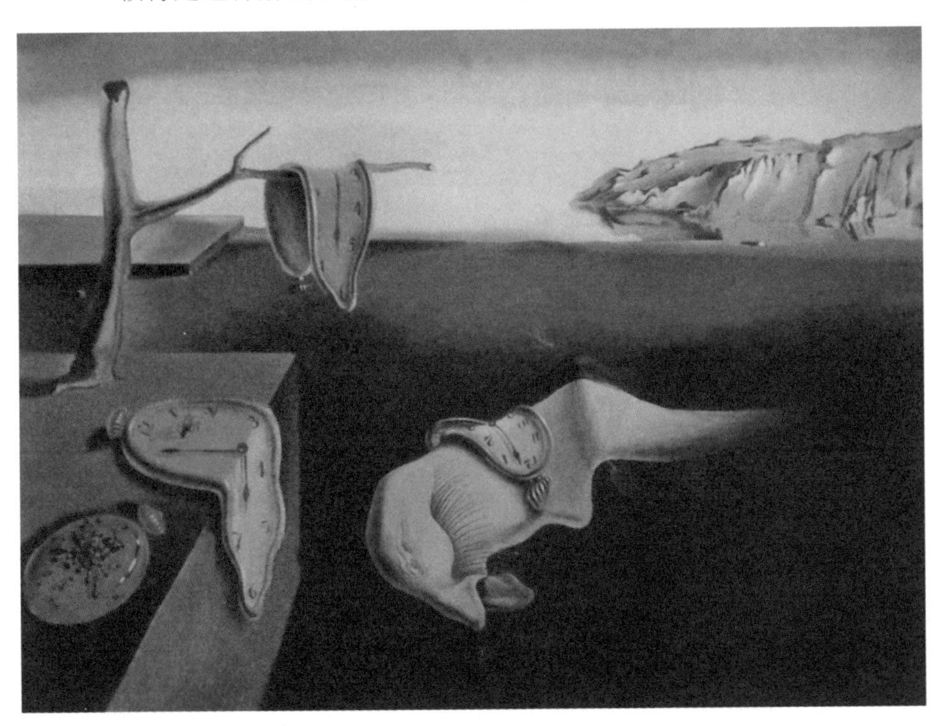

记忆的永恒　**西班牙**　萨尔瓦多·达利
有些事之所以会被大多数人接受，并成为大多数人的信条，并不是因为其在空间上存在的时间有多长，而是其固有的精神成为大多数人的支柱，这种精神成为人们记忆中的永恒。

准绳就是——你得到了一份工作，那就得好好干。”赖特清楚地记得自己给布什推荐这本小册子时两人的对话。

杰布：我真的对这些新世纪的东西不感兴趣。

赖特：杰布，读一读这篇文章，只需要喝一杯咖啡的时间。这不是新世纪的东西，它和我们的山河一样悠久。

赖特说：“当我再次碰到他的时 候，他已经读过了这本书。他对该书的反应正如我所预料的那样——这本书太惊人了，它说明了一切。”

人物简介

埃尔伯特·哈伯德（Elbert Hubbard，1856—1915）

埃尔伯特·哈伯德是19世纪末、20世纪初著名的哲学家、作家、编辑和演说家。1895年，他在纽约东奥罗拉创办了Roycrofters——一个艺术家和工艺师的半公开团体，生产和销售各种手工艺制品。随后，他又创办了一家印刷和装订厂。他的小杂志《菲士利人》将他的观点传

埃尔伯特·哈伯德

达给了许多人，而面向各类名人家庭的《短暂的旅行》也深受欢迎。他基于安德鲁·萨默斯·罗文的事迹创作的关于效率和决心的灵感之作——《致加西亚的信》（1899年）被人们广泛阅读和引用。1915年5月7日，他和妻子乘坐“卢西塔尼亚”号轮船去英格兰旅行途中不幸遇难。

加西亚（Garcia，1836—1898）

卡利斯托·加西亚是古巴革命家，反西班牙起义的领袖。由于他的起义活动被捕入狱，直至1878年才出狱。获释后不久他再次被捕。1895年，他来到美国。作为古巴起义军的领袖，他在美西战争中发挥了重要的作用。1898年在华盛顿去世，当时他是委员会的成员之一，正和麦金莱总统讨论古巴战事。

安德鲁·萨默斯·罗文（Andrew S.Rowan，1857—1943）

罗文是一名美国军官，1881年毕业于西点军校。美西战争结束后，他在菲律宾服役，后被调派驻守美国，直至1909年退休。1943年逝世。

附录二

埃尔伯特·哈伯德的商业信条

我相信我自己。

我相信自己销售的商品。

我相信自己供职的公司。

我相信自己的同事和助手。

我相信美国的商业方式。

我相信生产者、创作者、制造者、销售者，以及全世界所有拥有一份工作并为之努力的产业工人。

我相信真理是宝贵的。

我相信愉快的心情和健康的身体。我认识到，成功的第一要素不是赚钱，而是带来益处，报酬总会自动到来，往往只是个过程问题。

我相信阳光、新鲜空气、菠菜、苹果酱、笑声、酪乳、孩子、丝绸和雪纺绸，永远记得英语中最伟大的词——满足。

战争　马塞尔·格罗米埃

我相信我销售一件产品就会交上一个朋友。

我相信，当我和一个人分别的时候，我一定能做到：当他再次见到我时会很高兴，而我看到他也会感到很高兴。

我相信工作的双手、思考的大脑和充满爱的心灵。

阿门，阿门！

祈祷者　罗马卡利科斯托斯地下墓穴壁画